O amigo do vento
Crônicas

HELOISA SEIXAS

O amigo do vento
Crônicas

1ª EDIÇÃO

© HELOISA SEIXAS, 2015

COORDENAÇÃO EDITORIAL Maristela Petrili de Almeida Leite
EDIÇÃO DE TEXTO Marília Mendes
COORDENAÇÃO DE EDIÇÃO DE ARTE/ PROJETO GRÁFICO Camila Fiorenza
DIAGRAMAÇÃO Cristina Uetake, Isabela Jordani
ILUSTRAÇÃO DE CAPA E MIOLO Catarina Bessel
COORDENAÇÃO DE REVISÃO Elaine Cristina del Nero
REVISÃO Andrea Ortiz
COORDENAÇÃO DE *BUREAU* Américo Jesus
PRÉ-IMPRESSÃO Vitória Sousa
COORDENAÇÃO DE PRODUÇÃO INDUSTRIAL Wilson Aparecido Troque
IMPRESSÃO E ACABAMENTO Forma Certa
LOTE 771616
CÓD. 12099756

Dados Internacionais de Catalogação na Publicação (CIP)
(Câmara Brasileira do Livro, SP, Brasil)

Seixas, Heloisa
    O amigo do vento : crônicas / Heloisa Seixas. – 1. ed. –
São Paulo : Moderna, 2015. – (Série Veredas)

    ISBN 978-85-16-09975-6
1. Crônicas brasileiras I. Título. II. Série.

15-02042   CDD-869.93

Índice para catálogo sistemático:
1. Crônicas : Literatura brasileira   869.93

EDITORA MODERNA LTDA.
Rua Padre Adelino, 758 - Belenzinho - São Paulo - SP - Brasil - CEP 03303-904
Vendas e Atendimento: Tel. (11) 2790-1300
www.modernaliteratura.com.br
2023

Para meus gatos, Zulu e Zazie

SUMÁRIO

A palavra justa, a palavra mágica — Ruy Castro, 11

Pensando bem sobre... A VIDA DA GENTE

O amigo do vento, 17

O fruto da solidão, 20

O menino e a catedral, 23

O caminho das pedras, 26

Era uma vez..., 29

Lição de piano, 32

O quarto das bonecas, 35

Miniatura, 38

Pensando bem sobre... O MUNDO

O menino sem bola, 43

Pássaros do Islã, 46

A formiguinha, 49

Os filhos do sim, 52

Flores e espinhos, 55

Verdades e mentiras, 58

De mentira, 61

Pela janela, 64

Lâmpada fria, 67

Vidros escuros, 70

Pensando bem sobre... O TEMPO

A cápsula, 75

A nave do tempo, 78

Correspondência, 81

Tempo, 84

As mãos de Mariá, 87

Pensando bem sobre... A PALAVRA

Livros, 93

Na esquina do poeta, 96

O palavrão, 99

Teclados, 102

Síndrome do claustro, 105

Janelas, 108

Provérbio chinês, 111

A palavra justa, a palavra mágica

Ruy Castro

Há alguns anos, Heloisa Seixas estava falando para uma congregação de professores numa universidade de Niterói quando, de repente, faltou luz no auditório. Naquela época, ainda não se usavam celulares como lanternas e, mesmo que se usassem, talvez não houvesse mais do que uma ou duas pessoas na sala com o aparelho — sim, já houve uma época assim. A palestra de Heloisa era sobre o ato, o prazer, a necessidade quase obsessiva de o ser humano escrever.

Sob a perplexidade dos primeiros instantes de breu, alguém gritou lá de fora que havia um problema no gerador. Já iam resolvê-lo, mas talvez demorasse um pouco. O que fazer? Heloisa sugeriu que continuassem — o que ela tinha a dizer não necessitava de luz elétrica para ser entendido.

Heloisa começou então a contar sobre um terrível desastre aéreo que acontecera anos antes. Num voo internacional, uma pane numa aeronave carregada de passageiros provocou a perda de altitude e o começo da queda inexorável. Ouviram-se choros, orações, gritos de desespero. Mas nem todos os passageiros apelaram para esse clamor sonoro e pungente, disse Heloisa. Alguns tiraram rapidamente a caneta do bolso, um pedaço de papel e... passaram a escrever!

A queda levou cerca de vinte minutos para se completar, tempo em que aquelas pessoas puderam colocar no papel pensamentos completos, fossem lá o que fossem. E sobre o que escreviam? Isso só se descobriu semanas depois, quando, ao se investigar os destroços do avião e o que restara dos infelizes passageiros, vários daqueles papéis foram encontrados.

Basicamente, eram bilhetes de despedida para mulheres, maridos, filhos, mães, namoradas — lindas declarações de amor. Alguns continham reflexões sobre a vida, o amor, a felicidade — e um ou dois chegaram a dizer que partiam tranquilos, realizados, o mundo nada lhes devia. Mas, para Heloisa, o importante era o fato de que, diante da morte, aquelas pessoas queriam dar seu testemunho, deixar uma mensagem — como se esta fosse um prolongamento da vida.

Durante os 10 minutos em que Heloisa falou naquela sala às escuras, ninguém parecia respirar.

Sua capacidade de descrever, de buscar detalhes e tornar cada um deles uma peça essencial da trama, de descrever emoções como se elas fossem algo físico, fazia com que ninguém ali quisesse perder uma palavra. Heloisa finalmente concluiu seu monólogo e o auditório explodiu em aplausos. Então, como se fosse mágica, as luzes se acenderam. Até sem querer, o grande narrador tem absoluta noção de *timing*.

Esse dom de escrever, de narrar, de envolver o leitor e hipnotizá-lo está visível nos 30 textos de que se compõe este livro. Mas não acreditem em mim — leiam e confiram.

Bem, talvez eu seja um pouco parcial para falar de Heloisa Seixas. Deve ser porque, desde fins de 1990, tenho o privilégio de ouvi-la diariamente, ao vivo ou por telefone, falando com a mesma precisão com que escreve — a palavra justa, a palavra mágica —, fazendo de tudo uma história cheia de histórias e nunca deixando de me encantar com cada uma delas.

Ruy Castro é escritor e jornalista. Já escreveu para todos os tipos de veículos, menos (segundo ele próprio) bula de remédio. Mas sua especialidade são as biografias (Nelson Rodrigues, Garrincha, Carmen Miranda) e os livros de reconstituição histórica, como *Chega de saudade*, sobre a Bossa Nova, e *Carnaval no fogo*, sobre o Rio de Janeiro.

Pensando bem sobre...

A VIDA DA GENTE

O amigo do vento

Não gostava de vento. Quando era criança, sempre que ventava ela se enfiava debaixo da cama e rezava, na certeza de que o prédio iria desabar. Sua mãe ria. Ela, não. Não achava graça alguma. Tinha horror àquela movimentação dos ares, àquela inquietude do mundo cuja razão não conseguia alcançar.

Mesmo depois, já adolescente, continuou tendo aquela sensação estranha, indefinida, diante do vento. E não precisava ser uma ventania. Bastava que estivesse caminhando e começasse a soprar contra ela uma brisa um pouco mais forte para se sentir atingida, desafiada. Não conseguia evitar o sentimento, por mais absurdo que lhe parecesse.

Um dia, já adulta, leu numa revista que os orgulhosos detestam o vento. Achou que fazia sentido. De fato, quando sentia uma rajada mais forte lhe batendo no rosto, no corpo, tinha a sensação de que havia algo maior do que ela querendo vergá-la, vencê-la. Era isto. Era orgulho.

Pouco mais de uma semana depois, saiu para uma caminhada pela beira da praia, num domingo de manhã. Era bem cedo, ainda, e o calçadão estava quase vazio, pois chovera na véspera e o acinzentado do céu não trazia um augúrio de sol. Mas ela foi assim mesmo. Gostava de mormaço, de dias plúmbeos. Só não gostava de vento.

E foi justamente o que encontrou ao chegar à praia. Das ruas de dentro não se podia ter ideia, mas ali, na orla, soprava um vento forte, inesperado. Era o Sudoeste — sinal de mais chuva. A mulher suspirou. Pensou em desistir, mas afinal decidiu ir em frente, em direção ao final do Leblon. Talvez lá, sob o abrigo dos morros, ventasse menos. Seguiu.

Mas quanto mais andava, mais forte soprava o vento. Por pura teimosia, foi em frente. Remando contra o ar revolto, o corpo vergado, o rosto baixo, sentindo já as primeiras picadas de areia nas pernas, no espaço entre a meia soquete e a calça de malha, que terminava pouco abaixo do joelho. Estava a ponto de dar meia-volta e ir para casa quando, olhando na direção do mar, avistou um menino. Era magrinho e negro, não devia ter mais do que doze anos. Estava na beira d'água, tentando equilibrar-se num disco de madeira que o vento e o mar empurravam sobre a areia molhada. Mas alguma coisa no jeito dele chamou a atenção da mulher. Parecia tão perfeitamente harmônico no cenário inóspito, hostil, que ela parou para observar melhor. Parou e se sentou num banco de pedra, abrigando o rosto com a mão.

Era fascinante. Aquele menino, tão franzino e despojado, parecia — muito ao contrário dela — perfeitamente integrado à natureza. Dava-se ao vento e às ondas para deles tirar proveito, deixando-se levar sem tentar ir contra, mas também sem se abater.

Parecia, visto assim, da calçada, tão parte da paisagem que a mulher não pôde deixar de pensar em si própria, no próprio orgulho que a tolhia e travava. Queria poder ser diferente. Queria ser como aquele menino — livre. Amigo do vento.

O fruto da solidão

Por causa de algumas reminiscências sobre comidas da infância, uma amiga gentil me presenteou com um saco de seriguelas. Peguei os pequenos frutos e fui colocando-os na boca, um a um, mordendo a casca vermelho-alaranjada, sentindo-lhe o estalo, sorvendo a polpa até chegar ao caroço, do tamanho de uma azeitona. Depois, satisfeita, saí para fazer umas compras. Ao chegar na porta do supermercado, talvez ainda sob o impacto do gosto antigo, notei de longe umas caixas com frutos vermelhos em forma de coração e pensei: "São jambos". Cheguei perto, mas não precisei nem tocar nas frutas para ver que me enganara. Não eram jambos e sim peras vermelhas, uma novidade exótica que nenhuma relação tinha com sabor de infância. Decepcionada, me afastei.

Mas logo descobri que levava os jambos comigo. Pensava neles, recordava. Seu formato, o contraste entre o vermelho de sua pele e a brancura da polpa, seu cheiro — os jambos têm cheiro de rosas. Mas não era só isso e eu sabia bem. Levava comigo, junto com os jambos imateriais, a sensação de susto, de quase pavor. E deixei fluir a lembrança.

Na época com cinco ou seis anos, eu voltava de carro com meus avós do sítio que tínhamos em Jacarepaguá. Íamos pela Estrada Velha do Joá, que em alguns pontos era sinuosa, estreita, sem acostamento ou retorno. Até que avistamos à esquerda um pequeno recuo, sombreado de árvores, onde, numa barraquinha, um velho vendia jambos. Meu avô, muito guloso, imediatamente deu uma guinada e parou no recuo. Decidira comprar um punhado daquelas frutas vermelhas que adorava. Eu, que estava sentada sozinha no banco de trás, decidi saltar também. Enquanto meus avós escolhiam os jambos, dei uns passos, distraída, apreciando a beleza das copas das árvores, o emaranhado de parasitas que escorriam dos galhos como uma barba rala. E, de repente, ouvi o ronco do motor. Ao me voltar, vi o fusca do meu avô tomando o asfalto e, num segundo, desaparecendo na curva.

Eles tinham ido embora sem mim.

Fiquei paralisada. O velho da barraca, arrumando seus jambos, nem parecia ter notado minha presença. E meus avós? Na certa tinham pensado que eu sequer saltara, que continuara no banco de trás enquanto eles compravam as frutas. Sim, fora isso. Eles iam voltar. Eles não iam fazer aquilo comigo.

21

Foram segundos, minutos, de um medo profundo, uma sensação de abandono avassaladora. Por mais que, racionalmente, eu não parasse de repetir para mim mesma que estava tudo bem. Eles iam voltar.

É claro que voltaram. Demoraram um pouco, embora notassem logo minha falta, mas é que tiveram dificuldade em encontrar um retorno na estrada estreita. Ao vê-los, tentei sorrir — mas, sem saber, já estava marcada. E o jambo, com toda sua beleza, com todo seu cheiro de rosas, ficou sendo para sempre em mim o fruto da solidão.

O menino e a catedral

O menino olhou em torno para ter certeza de que não estava sendo observado e ergueu devagar a toalha de renda. Em seguida mergulhou, desaparecendo.

A enorme mesa de madeira escura da sala de jantar, com pés de bolas sobrepostas, estava sempre coberta com uma toalha de renda que ia até o chão. Sob a renda, havia uma espécie de forro, um pouco mais curto, feito de um tecido adamascado que barrava a luz, transformando o espaço debaixo da mesa num perfeito esconderijo. E era ali que o menino costumava passar as manhãs, escondido, quando todos na casa pensavam que estava lá fora brincando.

Ele agora olhava em torno com seus grandes olhos castanhos, tão escuros quanto os pés da mesa. O sol brilhava no quintal e a casa inteira vivia grande agitação por causa da festa do dia seguinte, mas ali naquela sala raramente aberta — e mais ainda dentro de seu esconderijo — fazia sombra e silêncio.

Precisou de algum tempo para se acostumar à penumbra. Só então começou a perceber as ranhuras do chão de tábuas corridas, os desenhos na madeira, as pequenas imperfeições. Isso era uma coisa de que gostava naquele seu observatório. Dali, podia ver o avesso das coisas: as entranhas da mesa, com seus encaixes onde a madeira não fora bem polida, o ponto onde o chão era mais gasto, encerado com menos capricho. Entrava em contato com a intimidade dos objetos, com seus segredos.

De repente, uma porta se abriu.

E o menino ficou imóvel, à espera.

Estranho que entrassem na sala de jantar em dia de semana. Nunca faziam isso. Ouviu primeiro os passos, depois o ruído dos ferrolhos da janela, bem perto de onde estava. Continuou quieto. Talvez fosse por causa da festa no dia seguinte. Com certeza iam abrir a sala para arejar. Agora, um barulho surdo, como um soco. Em seguida, o estalo das janelas contra as paredes externas. E o sol inundou a sala, num segundo.

O menino piscou os olhos, atordoado.

Depois abriu-os bem. E sorriu, com surpresa.

Um raio de sol varava a renda, despejando-se no chão, onde estava ajoelhado. A luz, incidindo sobre o tecido do forro, tornara cor de pêssego o ar à sua volta, onde voejavam grãos de poeira, como se

24

fossem pássaros num templo abandonado. Seu pequeno mundo — o mundo onde as coisas existiam pelo avesso — brilhava.

O esconderijo se transformara numa catedral de luz.

O caminho das pedras

Era um rapaz quieto, de poucos amigos. Gostava de pescar, mas sempre sozinho. Sonhador, também era. Acalentava sonhos elaborados, que sabia quase impossíveis. Sonhos de um dia ser um grande artista, um pintor, talvez, ou um músico. Quem sabe um maestro. Nada fazia para concretizar tais sonhos, mas tampouco sofria. Talvez se convencesse de que sonhar é melhor do que viver.

Talvez, pela mesma razão, gostasse tanto de pescar. Alguém já disse que pescar é um esporte que consiste de uma vara, com um peixe numa ponta e um idiota na outra. Mas o rapaz achava isso uma injustiça. A pescaria, principalmente se solitária, é um momento em que o pescador se vê propenso às mais profundas reflexões. É um ato de inteligência.

E foi pensando assim que, naquele fim de tarde, pegou seus apetrechos — a maleta de duas cores, cheia de faquinhas, chumbadas, anzóis e mais a vara de pesca — e tomou o caminho do mirante, beirando os costões de pedra. Caminhou pela amurada estreita, de pedras sobrepostas, vendo o brilho do mar lá embaixo, de um verde escuro, denso, tão diverso do verde aguado do capinzal que se estendia pela encosta. O sol de verão já ia baixo no horizonte, na certa uma bola vermelha, mas dali de onde estava não podia vê-lo, as montanhas impediam. Via apenas o avermelhado do céu no ponto em que este se juntava ao mar.

Queria dessa vez ir pescar num lugar novo e o que tinha em mente era uma ponta de pedra que ficava depois da Gruta da Imprensa, bem na curva. Era um recanto pouco conhecido, de acesso difícil, mas ouvira falar que por ali passavam umas correntes ricas em cardumes. Começou a descer a encosta no ponto indicado, pisando devagar, os pés tocando o chão lateralmente, para não escorregar. Não era um caminho fácil. Mas assim é que era bom.

O caminho das pedras. Pisando nelas, alcançaria o costão, que certamente ainda guardava o calor de um dia inteiro de sol. Sempre gostara das pedras, de suas irregularidades, de sua aspereza. Era preciso moldar o pé, adaptar-se a elas a fim de vencê-las. Elas eram sempre mais fortes, mais resistentes. Silentes. Eternas.

A educação pela pedra, dissera o poeta.

Mas ele, o pescador, gostava delas por isso mesmo. Aceitava o desafio de vencer seus obstáculos, de buscar as trilhas mais difíceis, os caminhos mais tortuosos.

Chegou afinal lá embaixo. Por um instante, de pé na pedra, sozinho diante do mar, ficou parado, pensando. Por que então tinha medo de tentar vencer os obstáculos da vida real? Por que tamanha falta de ambição? E por que vivia há tanto tempo fingindo que não era importante ir atrás de seu sonho, por mais impossível que parecesse?

Sabia bem a resposta. É que tinha medo de perder.

Era uma vez...

Era uma vez uma menina que acordou num jardim.

Ela própria ficou surpresa ao perceber que adormecera e, observando o gramado em torno, piscou os olhos. Pegara no sono sentada no banco, à sombra do pé de jamelão.

Olhou para cima, sentindo as gotas de sol que lhe salpicavam a pele, furando a copa. No meio do descampado, de relva rasteira, a árvore se destacava, frondosa. Era sua predileta. O banco em torno do tronco era na verdade uma mesa, que o avô mandara construir. Ele fizera cortar oito tábuas e com elas rodeara o tronco duas vezes, em duas alturas diferentes, de maneira que as pessoas pudessem sentar-se nas madeiras de baixo e usar as de cima como tampo de mesa. Uma solução que deixara a menina encantada. Desde então, ela pegava seus cadernos e lápis de cor e passava tardes inteiras sentada sob a árvore, desenhando e sonhando.

O único problema, no verão, eram os mosquitos. Os jamelões maduros, com sua casca preta e

brilhante, se espalhavam pelo chão, transformando-
-se em manchas de um roxo profundo, que atraíam
os insetos. O avô ficava furioso e ameaçava mandar
cortar a árvore para acabar com a sujeira. A menina estremecia. Mas, no fundo, sabia que ele não
teria coragem. Além do mais, apesar do incômodo
dos mosquitos, havia uma beleza naquelas nódoas
cor de violeta, mesmo as que enchiam o banco, man-
chando-lhe a roupa. A menina não se importava.

Antes de sentar-se, tomava o cuidado de lim-
par a tábua, mas apenas a parte de baixo. No tampo, gostava de ver as frutas amassadas formando
desenhos, parecendo querer contar histórias. Era
uma vez, imaginava a menina, olhando a mancha
em forma de concha, ou aquela outra com formato
de sorvete, ou ainda aquela na pontinha da tábua,
parecendo um coração. Certa vez, tivera a ideia de
passar o dedo na polpa de uma fruta desfeita e usar
aquele sumo roxo para colorir o papel, como se fosse tinta. Ficara bonito.

Era assim, a menina, cheia de imaginações.

Espreguiçou-se. Sim, gostava muito de dese-
nhar. Mas só apreciava os desenhos que tivessem
um significado, que contassem histórias. É claro que
nenhum desenho do mundo seria capaz de contar

histórias como fazia sua avó. Ah, isso, não. A menina ficava encantada. Eram histórias antigas, muitas cantadas em versos, com frases inteiras que ela mal compreendia, mas cuja musicalidade a deixava hipnotizada. Todo fim de tarde, antes do jantar, ela se deitava ao lado da avó, no sofá, para ouvir seus contos. Já era um ritual.

Ah, e por falar nisso, já estava quase na hora. Precisava entrar, tomar banho. Depois seria só correr para a sala, onde as janelas de venezianas estariam abertas, deixando entrever a trepadeira de flores cor de maravilha. E esperar. Logo, a avó viria. E a menina, aninhada em seu colo, ficaria à espera da expressão mágica, que faria tudo recomeçar: era uma vez...

Lição de piano

Todos os dias, bem cedo, ela começava. Era a hora da lição de piano. As notas pingavam, uma a uma, na mesma cadência, e assim continuavam por horas a fio, no exercício. Eram sempre as mesmas, dedilhadas pacientemente, dia após dia, semana após semana. Mesmo aos domingos, o som monótono se fazia ouvir. No silêncio da manhã, eu escutava perfeitamente da janela de meu apartamento e, se quisesse, seria capaz de reproduzir as notas, uma a uma, com um assobio, tantas vezes ouvira a sequência.

Às vezes, manhã já alta, aquele martelar constante chegava a me exasperar e eu fechava as janelas, ligando o som para não ouvir mais. A tenacidade e a disciplina daquela moça me espantavam. Embora nada soubesse sobre a pessoa que produzia aquele som — não conseguia determinar sequer de que apartamento da vizinhança o som provinha — eu sempre pensava nela assim, como uma mocinha. Quase uma menina. Uma menina fazendo sua lição de piano.

Os anos foram passando e nada mudou. Todas as manhãs, lá estava. O som do piano, em sua monotonia. Dedos que me pareceram sempre solitários, ou até mesmo tristes, martelando as teclas inutilmente, sem a recompensa de uma melodia. Para quê? No início, esperei que as lições evoluíssem e que um dia eu ouvisse uma música inteira, tocada com beleza e força, algo que me recompensasse por tantas horas de monotonia. Mas isso nunca aconteceu.

Até que um dia uma amiga me chamou para ir a um concerto. Um concerto de piano. Fomos. Entramos no auditório enorme, de poltronas vermelhas, parecendo um daqueles cinemas de antigamente. E esperamos, em silêncio. As luzes se apagaram e a concertista entrou. Era uma senhora, já. Muito magra e elegante, imponente em seu vestido negro, os cabelos brancos presos num coque, apenas um fio de pérolas no pescoço. Não tenho muita intimidade com a música clássica, mas minha amiga me dissera que era uma das pianistas mais respeitadas do Brasil. E ela provou por quê. Sentou-se ao piano e nos levou, a todos, em sua melodia, dedilhando-a com maestria, transformando as notas em água, perfume e sonhos.

Quando acabou o concerto, minha amiga me levou ao camarim. Fui apresentada à pianista e, encantada, ouvi-a falar sobre sua arte. E foi então, depois de alguns minutos de conversa, que, por algum motivo do qual já não me lembro, ela mencionou onde morava. Não demoramos muito para descobrir a coincidência espantosa: era ela — e não uma mocinha, como eu supunha — quem fazia as lições de piano que eu vinha ouvindo há anos.

Ela, a concertista famosa, capaz de nos transportar com sua música, era a mesma pessoa que dedilhava, todas as manhãs, as notas insossas que eu ouvia em casa.

E foi assim que descobri qual a lição que aquele piano solitário ensinava. Paciência e humildade.

O quarto das bonecas

O quarto ficava nos fundos e suas janelas davam para o pátio, o pátio e seus coqueiros, seus pés de caju, plantados num chão de areia que parecia açúcar cristal. Davam também para a varanda, como, aliás, todos os cômodos da casa, a varanda e seus arcos, seu chão de lajotas vermelhas, suas jardineiras de samambaias. Mas não quero falar do pátio, nem da varanda, e sim do quarto em si. É a ele que devemos voltar. Ficava nos fundos e servia, entre outras coisas, de quarto de costura. Por isso, talvez, por haver ali dentro artigos perigosos para uma criança, coisas como tesouras e agulhas, esse quarto nos era vedado. Irônico que nós, meninos e meninas (ou pelo menos, eu), o chamássemos mentalmente de um nome tão associado ao mundo infantil: o quarto das bonecas.

Dera esse nome ao quarto porque sabia que era ali que minha avó guardava suas bonecas antigas, aqueles pequenos seres de louça que, como tesouras e agulhas, também nos eram proibidos. Eram quatro e eu sabia seus nomes, dados por minha avó: Aída, Nicinho, Celane e Regina. Por que esses nomes?

Nunca soube. Não eram bonecas comuns. Uma delas, a maior e mais antiga, fora fabricada no século dezenove, minha avó dizia, mostrando o pequeno selo no alto da perna, que atestava sua procedência francesa. Era um ritual quando vovó nos chamava para ver as bonecas. Ela as segurava e deixava que as tocássemos, mas apenas por um instante, e nunca — nunca — sem que fosse na presença dela.

Mas um dia, eu passava pela varanda quando vi a janela aberta. Eu estava crescendo e, pondo-me na ponta dos pés, podia espiar por cima do parapeito. Foi o que fiz. O quarto estava fechado e vazio. Meus olhos imediatamente se prenderam naqueles pares de olhos de cristal, sempre mirando o vazio. Nicinho e Aída tinham os olhos azuis. Celane e Regina, castanhos. Regina, embora fosse a menor, era a minha predileta. Seus olhos eram sombreados por imensos cílios, seus lábios entreabertos num sorriso em que se viam pequeninos dentes, cintilantes. Elas me assombravam, aquelas bonecas. Mas, como tudo que assombra, fascina — eu as queria. Com um impulso, pulei o parapeito e entrei no quarto.

Estava com Regina no colo quando ouvi o barulho do trinco, alguém entrando. No susto, fiz um movimento brusco e — pronto — Regina foi ao chão. De seu rosto de biscuit, só restaram cacos.

36

Já não me lembro se me botaram de castigo. Sei que foi uma consternação. Minha avó, inconformada, levou Regina ao "médico das bonecas", uma espécie de faz-tudo, e, muito tempo depois, reapareceu com ela. Aproveitaram o corpo de massa e aplicaram-lhe uma nova cabeça, a mais parecida que puderam encontrar. Mas não ficou igual. Regina nunca mais foi a mesma. Vovó olhava para ela de vez em quando e balançava a cabeça: "O outro rostinho era mais alegre, ela sorria mais".

E pela infância afora eu carreguei aquela culpa — de ter transformado a alma de uma boneca numa alma triste.

Miniatura

Sentindo o sol arder na nuca, o menino inclinou-se. Fincou as mãos na areia e abriu bem os olhos para observar melhor aquilo que via.

A planície lunar, silenciosa, se estendia à sua frente.

O solo estéril, intocado pelo homem, de uma areia fina, compacta, parecendo cinza de vulcão. E as rochas, de tamanho e formato diversos, de diferentes matizes de cinza — cinza, mais uma vez. Não havia cor naquele cenário, cuja quietude parecia o prenúncio de uma aventura, como se a qualquer momento fosse surgir diante dos olhos do menino o fogo propulsor do módulo lunar, fazendo-o descer lentamente com suas pernas de aranha. Quando tocasse a superfície árida, a pequena nave faria subir uma nuvem de poeira. E pouco depois os homenzinhos prateados, com suas imensas cabeças de vidro, sairiam saltitando, deixando pegadas listradas no pó cinzento.

O menino sorriu, erguendo o rosto. Só então olhou em torno, voltando ao planeta Terra — seu planeta. O mundo real. Era bonito, também, mas ali tudo lhe parecia grande demais. Na areia rosada que se estendia em curva até a outra ponta, havia pouca gente àquela hora. Mas no mar, batido por um vento que abria no azul pequenas cicatrizes de espuma, muitos surfistas já navegavam as ondas. E três ou quatro velas coloridas de windsurfe se enfunavam contra o vento. O menino tornou a baixar a vista, voltando a seu mundo em miniatura.

Pensou de repente no avô. Era um homem engraçado. Muito falante, gostava de contar histórias. Mas não coisas de criança e sim histórias da História, que tinham acontecido de verdade, sobre guerras e reinados e disputas de poder. Coisas do mundo dos homens. Outro dia mesmo ele dissera uma frase engraçada. Que a História era como a vista cansada. Quanto mais se afasta, melhor se consegue enxergar. O menino não entendera direito, mas ficara com aquilo na cabeça. Era inteligente, seu avô. Gostava dele. Mas não sabia se concordava com isso de se enxergar melhor a distância. Com ele, era diferente. Quando olhava as coisas de perto, via muito. Via coisas que ninguém mais via, coisas para as quais ninguém mais parecia dar importância. Pequenos mundos em miniatura — como a superfície lunar que acabara de descobrir no canto da praia.

39

Tornou a baixar os olhos. No pequeno recanto entre as pedras, que o mar só alcançava em dia de ressaca, a natureza formara um pedaço da superfície da lua, miniatura perfeita, como um cenário de filme. E o menino sorriu, satisfeito. Gostava de seus pequenos mundos, distantes da Terra dos homens, com suas guerras, seus ódios, seus horrores. Os cenários em miniatura que enxergava, estes sim, eram seu reinado. Como aquele à sua frente — o mundo da lua.

Pensando bem sobre...

O MUNDO

O menino sem bola

Há um poema do francês Jacques Prévert em torno do qual eu sempre faço comigo mesma uma aposta. De tempos em tempos, tento lê-lo, do início ao fim, em voz alta. Mas não adianta, não consigo terminar a leitura. Em algum ponto, não importa qual, minha voz falha. Alguma coisa se fecha, aperta, esmaga e o som morre na garganta, não sai mais. Eu mesma acho um exagero, uma bobagem — mas não adianta. A voz se recusa a sair.

Chama-se "Barbara". Começa singelo, apenas a recordação de uma bela mulher, cruzando uma rua. "Eu me lembro de ti, Barbara, chovia sem parar naquele dia em Brest e tu caminhavas, sorrindo." O poeta sabe que ela se chama Barbara porque um homem gritou seu nome da outra calçada e ela correu para seus braços.

Barbara. O poeta nunca mais a viu, nada sabe sobre ela. Por que, então, não pode esquecê-la? Por que sua imagem se mantém tão viva, a imagem de uma mulher apaixonada, cruzando uma rua sob a chuva?

Porque agora já não chove em Brest. Agora, o que cai sobre as ruas, os prédios, é uma chuva de ferro e fogo e sangue, pois começou a guerra. "Ah, Barbara, que absurdo é a guerra", diz o poeta. E ele se pergunta — em meio a tanto luto, o que terá acontecido com ela, com seu sorriso e seu amor?

O poema de Prevért foi a primeira coisa que me veio à cabeça quando começaram a cair as bombas sobre Bagdá. Porque eu sabia que, em meio àquela cidade deserta, àquelas ruas silenciosas no amanhecer, cuja quietude era cruzada apenas de vez em quando pela presença absurda, atemporal, de um ou outro ônibus, de um ou outro carro, eu sabia que ali, em algum lugar, escondido talvez ou tentando fugir — estava um menino.

Era um menino magro, de sorriso e olhos imensos, mostrado por uma câmera de televisão algumas semanas antes da guerra. Ia descalço, andando solto pelas ruas, por entre as bancas de verdura e frutas. Tinha os cabelos pretos cortados curtos, mas mesmo assim desfeitos, empoeirados. Parecia pobre, desnutrido, a própria imagem de uma infância crescida ao tempo de um embargo cruel. Mas estava feliz. E mais feliz ainda ficou quando soube que a câmera que o focalizava era de um país distante chamado Brasil.

44

O menino alargou o sorriso enorme e ergueu o agasalho, mostrando a camiseta que levava por baixo, da seleção brasileira. Depois, sempre sorrindo para a lente do cinegrafista, disse o nome do jogador de futebol que admirava — Rivaldo — e imediatamente se pôs a fazer com o pé uma embaixada imaginária, sem bola.

Não me saiu mais da cabeça, esse menino sem nome, sem bola, de sorriso feliz. E agora, como Prevért, toda vez que cai a chuva de ferro e fogo e sangue, revejo seu rosto, não consigo esquecer.

Eu me lembro de você, menino.

Pássaros do Islã

A fotografia ocupava meia página da revista. Era uma foto em preto e branco, de extrema beleza plástica, realçada pelo papel brilhante, de boa qualidade. Mas alguma coisa naquela imagem me chamou a atenção, embora a princípio eu não entendesse o quê. A foto mostrava uma praia de águas calmas, desaparecendo rumo ao horizonte sem ilhas, um horizonte que quase fazia adivinhar a curvatura da terra. Na areia, uma areia dura, recém-lavada pelas águas, havia um bando de pássaros. Eram muitos, uns cinquenta talvez, pontilhando o chão com suas silhuetas negras. Era só isso, a foto. Por que, então, me inquietava?

Franzi o rosto, olhando melhor. Botei os óculos (minha vista começa a falhar). E então percebi, com espanto, que não eram pássaros — mas mulheres.

Mulheres islâmicas, com suas vestes negras, passeando numa praia deserta. Com as cabeças cobertas pelo mesmo manto que escondia seus corpos, em tecido preto, elas eram a imitação perfeita de um bando de pássaros. Havia vento, naquela praia, e as vestes de algumas esvoaçavam, lembrando o movimento de asas. Era impressionante a semelhança. Apenas apurando bem a vista, era possível ver que havia pés — e não garras — tocando a areia. Pés descalços.

Nesse instante, eu pensei na mulher apedrejada. Tinha lido sobre ela no jornal, um ou dois dias antes. Uma atriz de filme pornô, de 35 anos, condenada e executada no Irã. Segundo as leis locais, fora enterrada num buraco e deixada apenas com os braços, os ombros e a cabeça de fora, sendo apedrejada até a morte. Tentei imaginar sua dor, seu suplício, o desespero de lutar até o fim tentando se libertar. Isso porque, pela lei islâmica, o condenado que consegue se desenterrar, é perdoado. Por isso os braços são deixados de fora. Mas ela, a mulher condenada, não conseguiu.

Tornei a olhar a foto na revista, a observar aquelas mulheres. Algumas, talvez as mais afoitas, já pisavam a parte mais dura e brilhante da praia, onde uma fina camada de água empapava o chão. Pareciam querer entrar no mar. Outras, atrás, estavam mais contemplativas. Mas havia, em todas aquelas mulheres envoltas em seus mantos negros esvoaçantes, uma chispa de liberdade.

Só então dei uma olhada na legenda e vi que não era uma foto, mas a cena de um vídeo, feito por uma iraniana que vive em Nova York, Shirin Neshat. Um vídeo chamado "Rapture", que quer dizer êxtase, mas também rapto. Esse título confirmava minha impressão. Aquelas mulheres, aprisionadas em suas vestes, presas a todo tipo de grilhões, viviam, ali, naquela hora, um momento — ainda que breve — de libertação, de ruptura. Pairavam acima da opressão e do terror. Por um instante, voavam.

A formiguinha

A mulher estava caminhando pelo jardim quando, ao dar um passo para subir uma pequena escada de pedra, viu a formiga.

Imediatamente, parou. Ela, que gostava de caminhar de vista baixa, olhando para o chão, percebia muitas coisas que outras pessoas não viam. As amigas brigavam, sempre. Diziam que era feio andar assim, olhando para baixo, que era deselegante, dava um ar de derrota e — o pior de tudo — aumentava as rugas do pescoço. Mas ela não ligava.

Quando caminhava na praia ou em volta da Lagoa, nos dias de semana, divertia-se observando os pares de tênis que passavam para lá e para cá, as pedras portuguesas, as marcas no asfalto. Certa vez, ao sair de manhã depois da chuva, parada à espera da abertura de um sinal, deparara-se de repente com uma imagem que era como um quadro: a tampa de um bueiro, onde a água empoçada faiscava, trazia, como uma legenda, a frase "Força e luz". Eram essas as pequenas delícias de andar de vista baixa, que a ajudavam a suportar as pressões do cotidiano.

Mas o que ela mais gostava era de fazer isso no jardim do sítio. Via universos inteiros, ali. Observava as ranhuras das pedras, os pequenos tufos de vegetação que cresciam entre as frestas, como jardins minimalistas. Cada raminho de erva daninha, crescendo em meio à grama, era para ela um bonsai. Adorava apreciar aqueles objetos e criaturas, que lhe pareciam tão distantes da vida real, imersos num mundo feito de solidão e silêncio. Sentia-se transportada para outra dimensão.

E, agora, deparava-se com aquela formiga.

Não era um inseto qualquer. Embora seja sabido que as formigas são capazes de suportar pesos imensos, aquela era sem dúvida muito especial, pois levava nas costas uma folha de grama que se estendia em arco para muito além de seu corpo, como um penacho gigantesco. Era incrível, era quase impossível. A folha de grama, quase dez vezes maior do que a formiga, balançava a todo instante como se fosse cair, mas o inseto seguia com a maior bravura, levando nas costas seu estandarte improvável.

A mulher agachou-se para observar melhor. Durante muito tempo, acompanhou a luta da formiguinha, seu lento avançar pelo degrau de pedra. Nada parecia capaz de detê-la.

E a mulher suspirou, pensando em si própria. Também se sentia às vezes assim, carregando às costas um imenso fardo, muito maior do que ela. Sentia-se pressionada, cobrada, excessivamente necessária, como se fosse o centro, o eixo, a âncora, para tudo e todos à sua volta. O marido, os filhos, os pais, a casa, o trabalho, tudo. Para as mulheres de sua geração, a luta pela libertação resultara em novas responsabilidades, novos compromissos, que não substituíram os antigos, mas somaram-se a eles, criando jornadas duplas, triplas. O que fazer? A vida é assim mesmo, pensou. E sorriu, solidária, para a formiguinha. Eram da mesma raça.

Os filhos do sim

A mulher estava sentada lendo um livro, na sala, quando ouviu o grito da filha. Depois, um estrondo de porta batendo. Murmúrios, passos. E a mocinha apareceu na sala, com uma expressão terrível no rosto. Tinha acabado de se pesar na balança do banheiro. Engordara um quilo. Um quilo! dizia, aos gritos, a ponto de a mãe pedir que baixasse a voz, por causa dos vizinhos. E a menina saiu da sala, com o rosto amarrado. Pouco depois, entrou o filho. Suando, chegava da academia. Tinha, também, um ar atormentado. Entrou, cumprimentou a mãe e desapareceu, a caminho do chuveiro, parecendo imensamente cansado.

E a mulher ficou outra vez sozinha na sala, pensando. Fechou o livro e levantou-se, caminhando até a janela. Pensava no sofrimento dos jovens de hoje.

Filhos e filhas daqueles que fizeram a revolução da contracultura — dos hippies, loucos, guerrilheiros — esses jovens poucas vezes ouvem um não na vida. É uma geração para a qual quase nada é proibido. Os pais de agora, que foram jovens nos anos loucos, têm enorme dificuldade em impor disciplina. Deixam os filhos fazer tudo. Chegar tarde, sair durante a semana, trancar-se no quarto e dormir com a namorada ou o namorado — tudo. Talvez isso tenha criado um vazio na vida desses rapazes e moças, refletiu a mulher, olhando as luzes da rua, com seus halos incertos.

Os jovens de hoje formam uma geração que pode tudo, com acesso livre a todas as informações, que tem diante de si enorme variedade de ofertas de consumo. Biscoitos, por exemplo, pensou a mulher. No tempo dela, só havia dois ou três tipos de biscoito doce. Hoje, em qualquer lojinha de posto de gasolina, há prateleiras inteiras de biscoitos de todos os tipos, recheados ou não, com chocolate amargo ou de leite, com nozes ou passas, tudo. Biscoitos demais. Mas, para quê? Inútil paisagem. Não se pode comer. E quem proíbe? São eles mesmos, os jovens.

Eles mesmos inventaram aquilo que não se pode fazer. Precisaram criar suas próprias impossibilidades — talvez pelo excesso de vezes em que ouviram um sim dos pais. Porque o ser humano precisa do proibido. Então agora é proibido comer, é proibido não ter músculos, é proibido ser feio, é proibido envelhecer. O padrão de beleza vigente é irreal. Parece ter sido criado apenas para fazer sofrer — pois é inalcançável. Qualquer mocinha que não viva à base de alface e água — a não ser as que, por natureza, tenham a sorte de ser excessivamente magras — vai se olhar no espelho e chorar porque não tem aquele aspecto de campo de concentração que se vê nos anúncios de moda (incluindo os olhares, tão tristes).

É essa a vida dos jovens, hoje — concluiu a mulher, dando de ombros. Coitados. São os filhos do sim.

Flores e espinhos

Foi passando junto ao gradil do Jardim de Alá que reparei nos espinheiros em flor. A tarde caía e, em meio ao barulho dos pássaros, senti o ar perfumado, de repente. Olhei em torno e vi, por trás das grades, as silhuetas dos arbustos, com seus tufos pontiagudos, ostentando no alto uns buquês muito brancos — as flores.

Lembrei então que, nesta época do ano, os espinheiros sempre dão flor. Na verdade não sei que nome têm esses arbustos, mas chamo-os de espinheiros porque são plantas de folhas duras, com grandes espinhos nas extremidades, formando tufos no alto de seus caules longos e finos. Estão por toda a parte. Durante o resto do ano, são uns arbustos feiosos, comuns, incapazes de nos despertar a atenção. Mas de repente, um dia, surge de dentro do tufo espinhoso um buquê de flores delicadas, parecendo um cacho de uvas ao contrário, ou um buquê de acácias mimosas, só que com pétalas da mais perfeita alvura. E o que é mais surpreendente: essas flores que, com sua delicadeza, emergem de um arbusto tão agreste e feio, têm perfume de jasmim.

É esse contraste entre a flor e o espinho que me fascina, por paradoxal.

Ainda me lembro da primeira vez em que me deparei com ele. Eu estava casada de pouco e alugara um apartamento, onde tinha encontrado, largado a um canto, um vaso de espada-de-são-jorge, planta que acho muito feia. Cheguei a pensar em jogar o vaso fora, mas fiquei com pena. Ainda mais porque alguém tinha me dito que a planta protegia contra mau-olhado. Pelas dúvidas, deixei o vaso num canto da área de serviço. Molhava a planta de vez em quando, mas não dava muita atenção a ela, ao contrário do que fazia com outras mais nobres — samambaias, unhas-de-gato e avencas, que vicejavam na varanda.

Mas uma noite, fazendo alguma coisa na área, fui invadida por um forte cheiro de jasmim. E, com enorme surpresa, vi que o aroma se desprendia de um pendão florido que brotara da espada-de-são--jorge. A planta — que jamais pensei ser capaz de dar flor — pagava com perfume o desprezo que eu lhe devotara.

Como podia, uma planta tão rude se abrir em tal demonstração de delicadeza? Fiquei fascinada. Era a primeira vez que me deparava com essa contradição.

Anos depois, eu prestaria atenção nos cactos, que também produzem as flores mais delicadas, e nos espinheiros das ruas, de cujas folhas agrestes nascem pendões perfumados. Mas na época aquilo foi uma surpresa para mim. Eu, que já começava a entender que o casamento está longe de ser um conto de fadas, me deparei assim, pela primeira vez na vida, com esse paradoxo feito de flores e espinhos.

Verdades e mentiras

Tudo começou com as rosas que a moça ganhou do namorado. Eram botões vermelho-sangue, perfeitos, bem-acabados, cada pétala fechando-se sobre a de baixo num contato harmônico, as folhas saindo das hastes num ângulo estudado, irrepreensível. A moça achou-as tão lindas que se perguntou como ficariam — elas, que já eram tão belas em botão — depois de abertas.

Chegando em casa, arrumou-as num vaso comprido de cristal, cortando a ponta das hastes, uma a uma, para que as flores durassem mais, como tinha aprendido com a avó. Terminado o trabalho, ainda colocou uma pitada de açúcar na água, outro segredo para a longevidade das rosas. E deu alguns passos atrás, a fim de apreciar o arranjo.

Era de fato um belo buquê, cada botão equilibrado na ponta da haste com elegância e perfeição, as folhas de um verde encerado, quase irreal. Mas havia ali alguma coisa estranha, que ela não saberia precisar. Talvez fosse justamente o excesso de beleza. De tão lindas, as flores pareciam artificiais.

58

E a moça sorriu, lembrando-se da amiga que se dizia "ignorante vegetal". Tinham combinado de almoçar juntas, no dia seguinte. Sempre que saíam, ela se divertia em ver como a outra era incapaz de distinguir flores de verdade de um arranjo artificial. "E esse, é de verdade?", perguntava a amiga, apontando para um vaso de flor, assim que entravam em algum lugar. E ela ria, sem entender como a amiga podia não perceber a falsidade das pétalas grosseiras, das folhas de tecido, com suas ranhuras mal-feitas e seus talos brutos, de pano encerado. Mas agora era o contrário. O buquê que recebera, feito com flores de verdade, é que — de tão bonito — parecia falso.

No dia seguinte, ao acordar, a moça foi até a sala ver como as rosas estavam. Como fazia calor, com certeza já teriam desabrochado. Mas não. Encontrou os botões — os mesmos lindos botões — tão fechados quanto no dia anterior. Estranho. Tocou um deles com a ponta dos dedos. As pétalas estavam firmes, como se coladas ali. De uma beleza congelada. Seria culpa dos adubos usados, dos métodos de armazenamento? Seriam, talvez, rosas transgênicas? Bem que tinha desconfiado daquela beleza irreal, como se houvesse em sua perfeição uma mácula, o sinal de um embuste. E, dando de ombros, saiu da sala.

Na hora do almoço, foi ter com a amiga. Entraram juntas no restaurante e sentaram-se à mesa, diante de um arranjo de flores coloridas, parecendo margaridas gigantes. A amiga foi logo perguntando: "São de verdade?". E ela respondeu rindo que sim, claro, enquanto tocava uma das flores — apenas para descobrir, sob seus dedos assustados, que a pétala era feita de pano. A amiga ainda tentou brincar, dizendo que ela estava desmoralizada. Mas a moça não achou graça. Sentiu-se perdida, de repente. Não é fácil viver num mundo onde verdade e mentira se misturam, onde nem sempre as coisas são o que parecem ser. Um mundo em que as flores artificiais já imitam a perfeição da natureza. E onde as rosas de verdade são lindas — mas não desabrocham mais.

De mentira

Correu pelos dedos o colar de pérolas, sentindo a textura acetinada e fria das pequenas esferas. Ela havia recebido aquele colar de presente dos pais ao completar 15 anos. Fazia tempo isso. Lembrava-se que, naquela época, as pessoas ainda falavam de pérolas naturais e cultivadas. Nunca entendera bem a diferença. Até que um dia, há não muito tempo, vira na estante de um sebo um belo livro encadernado, um dos volumes de uma enciclopédia. Folheando o livro ao acaso, dera com um verbete sobre pérolas e começara a ler.

No início do século, um japonês chamado Kokichi Mikimoto, filho de um fabricante de macarrão, conseguira fazer o que até então parecia impossível: cultivar pérolas. Antes disso, as pérolas eram algo raro e caríssimo. Os caçadores de pérolas abriam centenas e centenas de ostras até encontrar uma que tivesse produzido, dentro de sua concha, o pequeno objeto nacarado, resultado de uma espécie de calcificação. Mas as pérolas encontradas só tinham valor se fossem redondas e perfeitas — o que era ainda mais raro. Aperfeiçoando um método que já vinha sendo testado por outros pesquisadores, Mikimoto conseguira fazer com que as ostras por ele manipuladas produzissem pérolas perfeitas, através da introdução, no corpo dos moluscos, de um núcleo redondo extraído da concha de um determinado tipo de ostra.

A mulher lera aquilo com uma pontada de inquietação. E agora, com seu colar de pérolas nas mãos, preparando-se para sair, voltava a sentir a sensação de estranheza. Aquelas pérolas, com toda a certeza, eram cultivadas. Feitas com a intervenção do homem. Porém perfeitas. Tão perfeitas quanto qualquer pérola natural. A invenção de Mikimoto provocara uma revolução. Depois dele, nada mais fora como antes. Uma vez patenteado e disseminado o novo método, as pérolas se tinham transformado na coisa mais comum do mundo. Simplesmente porque é impossível determinar a diferença entre a cultivada e a natural.

E é isso, pensou, o que a inquieta. O fim da diferença. Num mundo em que o falso é cada vez mais perfeito, em que o virtual se expande e toma conta da realidade, em que computadores, biotecnologia, transgênicos, clones e provetas fazem do homem uma espécie de deus, as diferenças entre o que é e o que não é real se tornam cada vez mais sutis, quase imperceptíveis. Perigosamente imperceptíveis.

E, já com o colar no pescoço, a mulher se olhou no espelho, tentando sorrir. Mas não pôde deixar de ver o brilho triste que lhe embaçava os olhos, denunciando-a. No fundo, ela sabia: seu sorriso também era de mentira.

Pela janela

Reparei pela primeira vez naquele apartamento quando passava de carro, enfrentando o trânsito lento do fim de tarde, na Lagoa. Pelas cortinas entreabertas, conseguia ver apenas uma parede, banhada pela luz indireta de um abajur. Mas nessa parede havia uma estante, que me chamou atenção por sua beleza e solidez: estava repleta de livros, com suas lombadas multicoloridas. Alguns eram encadernados, outros não. Muitos pareciam antigos. Mas o importante é que a estante não tinha enfeites nem plantas, nada — apenas livros.

Imediatamente, comecei a imaginar quem seria o morador daquele apartamento. Não sei por quê, mas achei que os livros pertenciam a um homem. E fui além. Pensei num historiador, um apaixonado por pesquisa, alguém de mais de 40 anos, talvez ruivo, de cabelos encaracolados, usando óculos de aro fino para leitura. Imaginei um homem sensível, mas um pouco ranzinza, sempre implicando com a empregada por tirar do lugar os papéis da escrivaninha, e logo depois dizendo alguma coisa engraçada, para que ela o perdoasse. Alguém que vivesse sozinho — e feliz.

Mas o sinal abriu lá na frente, perto da Fonte da Saudade, e eu segui, deixando para trás meu amigo imaginário.

Desde então, sempre que passava por aquela pista da Lagoa, mesmo em velocidade mais alta, eu aproveitava para espiar. Só dava certo se estivesse escuro. Esse tipo de observação precisa da noite para acontecer. Quando a luz agressiva do dia se dissolve e surgem, através das janelas, as salas e os quartos com sua luminosidade artificial — só então — é possível observar, captar fragmentos, compor histórias. E penetrar um pouco na vida das pessoas, irmanar-se a elas, vencendo o isolamento das paredes.

Mas como eu sempre passava pela Lagoa ao cair da noite, podia observar à vontade. A cortina estava sempre entreaberta, no mesmo ângulo, o abajur aceso, e para mim aquele apartamento era apenas isso: uma parede, a estante e seus livros. Jamais consegui ver o resto da sala. Nunca vi, tampouco, alguém na janela. Mas meu amigo historiador continuou existindo, por meses e meses, em minha imaginação, com uma clareza quase sobrenatural. Eu gostava dele, de sua solidão delicada, de seus fins de tarde à meia-luz, na companhia dos livros. Porque, embora eu não o visse, sabia que estava ali.

Até que outro dia, passando por lá, tive um choque. Era crepúsculo, mas ainda havia luz e eu dera uma olhada rápida, despretensiosa, sabendo que talvez não conseguisse ver nada. Mas vi. Vi, por trás das janelas abertas, uma parede nua, onde restavam apenas as cicatrizes das prateleiras, único sinal de que ali tinham estado por muitos anos. A estante já não existia. Tampouco os livros. Meu amigo se fora.

Nesse instante, uma buzina vociferou atrás de mim. O carro da frente andara e eu ali parada, atrapalhando o trânsito, sentindo-me traída, roubada — sozinha na tarde que caía.

Lâmpada fria

O homem entrou na loja para comprar uma lâmpada fria. Desde que ouvira falar pela primeira vez em crise de energia, tinha adquirido esse hábito. Até por uma questão de economia, só comprava lâmpadas fluorescentes, daquelas que têm uma luz branco-azulada, capaz de extrair o viço de pessoas e coisas, dando-lhes um ar de estátua de cemitério. Embora admitisse que eram econômicas, ele achava horríveis aquelas lâmpadas. Mas, ainda assim, quase sem querer, levado por uma determinação estranha e misteriosa, lá estava ele: entrando outra vez na loja para comprar a lâmpada fria.

Entrou e olhou em torno. A própria loja era, toda ela, iluminada pela mesma luz azul da lâmpada que ele pretendia comprar. E o homem pensou que talvez não exista nada menos glamoroso do que uma loja que vende lâmpada fria. Para além da porta, as prateleiras se estendiam de um lado e outro, lotadas de roscas, torneiras, puxadores, ferramentas. No chão, junto aos balcões, havia também toda a sorte de produtos para casa, como escadas de alumínio, filtros e talhas para água, frigideiras, caçarolas, chaleiras. E sobre todos aqueles objetos pairava uma fina camada de poeira, parecendo uma poeira antiga, que aderira às superfícies com o passar dos anos. Ou talvez fosse apenas o efeito da maldita luz, porque o chão também parecia empoeirado, seus ladrilhos baços formando desenhos em dois tons de verde. Ao fundo, atrás de um balcão, havia um casal de idade, ele de cabeça baixa, os óculos equilibrados na ponta do nariz, anotando alguma coisa; ela, também de óculos, um lenço amarrado no cabelo, com um papel na mão. Eram ambos pálidos, como de resto o ambiente inteiro — e assim também como a mulher que, atravessando uma porta à direita e ao fundo, surgiu caminhando na direção do homem, a fim de atendê-lo.

— Pois não? — disse, sem sorrir, um par de olhos tristes, descaídos, fixos no freguês.

E o homem observou-a, enquanto ela tirava de um gavetão a lâmpada fria. Calculou que tivesse uns quarenta anos, talvez um pouco mais. Pela idade e feições, era sem dúvida a filha do casal. Tinha um ar descuidado de quem não espera muito da vida. Ficou com pena dela. Pensou em como devia ser triste trabalhar ali naquela loja sombria, ao lado dos pais já velhos, vendendo lâmpadas frias. Pensou em como seriam seus dias e — pior — suas noites. Foi embora da loja ainda pensando nela, e o embrulho da lâmpada, no papel cor-de-rosa desbotado, era uma espécie de representação daquela mulher triste e sozinha.

À noite, já esquecido do assunto, saiu com amigos. Solteiro, gostava de se divertir. Foi a uma cervejaria de ambiente alegre, ruidoso, e entre um chope e outro virou-se para trás para chamar o garçom. E foi quando teve a surpresa. Numa mesa enorme, cheia de gente, toda arrumada, a boca pintada de batom, os ombros nus sacudidos por uma gostosa gargalhada, nos olhos uma inusitada chama, lá estava ela: a moça da lâmpada fria.

Vidros escuros

Num fim de tarde, peguei carona no carro novo de uma amiga. Começava a anoitecer enquanto nós percorríamos a avenida Visconde de Pirajá e eu ia com os olhos presos à vida lá fora, distraída e feliz como só os motoristas são capazes de ficar quando têm a oportunidade de entrar num carro sem dirigir. Mas, observadora como sou, logo notei uma coisa: a rua estava muito escura. Nem era completamente noite, ainda, e as calçadas já estavam mergulhadas numa penumbra tão densa. Seria algum problema nas lâmpadas dos postes? Uma falha geral, uma queda na corrente de luz? Comentei com a amiga, que dirigia a meu lado, e ela riu: não eram as ruas que estavam escuras, era o vidro do carro que tinha aquele filtro, explicou.

Olhei-a, admirada. "Foi você quem pediu?"

"Não, agora eles estão vindo assim de fábrica, acho. Pelo menos o meu veio."

Fiquei em silêncio por um instante. Tenho uma implicância solene com esses vidros escuros. Logo que eles começaram a surgir, lembrei imediatamente de um filme a que assisti há muitos anos, cujo título em português era o ideal para as brincadeiras de mímica: "Encurralado". Um sujeito vinha vindo tranquilamente pela estrada e passava por um caminhão enorme, que sem mais nem menos começava a segui-lo, a desafiá-lo e por fim a persegui-lo numa caçada mortal. E o que dava mais medo era que não se via ninguém ao volante, os vidros do caminhão eram meio espelhados. Aquilo dava à frente do caminhão o aspecto de um rosto, os vidros com uma divisão no meio parecendo dois olhos baços. Era um caminhão-fantasma, movido talvez por uma força demoníaca, sobrenatural. Só podia ser.

Pois fico vendo esses carros de vidro escuro, esses carros sem motorista, sem ocupantes, e sempre penso no caminhão assassino. É desumano, é frio, é assustador. Tenho a impressão (embora chegue a me perguntar se não é tudo imaginação minha) de que as pessoas que dirigem carros de vidro escuro são mais agressivas ao volante. Talvez se sintam impunes por saber que seus rostos não podem ser observados.

E fico me perguntando o que aconteceria se de repente todos — todos — os automóveis fossem assim. Se andássemos pelas ruas como se cobertos por uma máscara, todos nós sem rostos, sem ver uns aos outros, trancados, mais do que nunca, nas nossas bolhas de segurança, inescrutáveis, indevassadas, inexpugnáveis (será?). Trancados — é isso. Sempre trancados, é como vivemos, cada vez mais. Por trás das grades, por trás dos vidros escuros.

Encurralados.

Até quando?

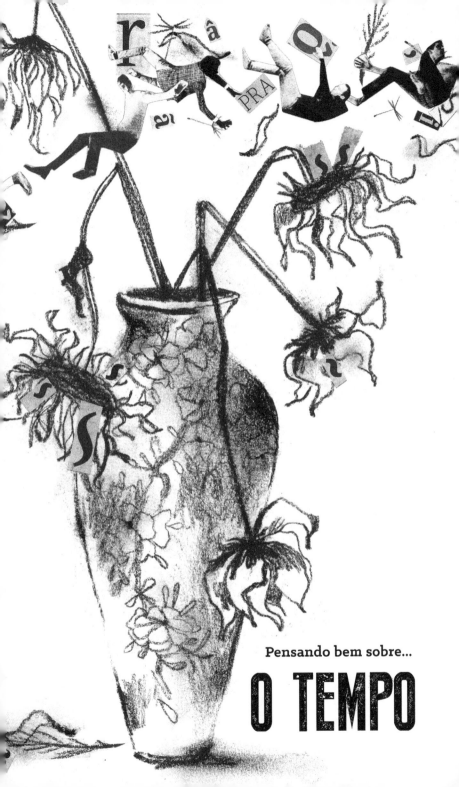

Pensando bem sobre...

O TEMPO

A cápsula

Ela abriu o jornal, bocejando. Tinha 15 anos. Todos os dias, procurava dar pelo menos uma olhada nas notícias, por causa da insistência do pai, que achava aquilo importante. Mas a menina ainda não se acostumara ao ritual das manhãs. Na verdade, detestava manusear o papel grosseiro, folhear as páginas que lhe sujavam os dedos. E, quase sempre, achava o conteúdo desinteressante.

Gostava de ler, sim, mas não jornal e sim livros. Principalmente romances. Nesses, mergulhava por inteiro, sentindo-se transportada para outros mundos — melhores, mais vibrantes, mais fáceis de lidar do que o mundo real que a circundava. Horas depois de fechado um livro, ainda flagrava-se pensando nas personagens, conversando com elas.

Os livros, sim, eram capazes de envolvê-la completamente. O jornal, não. O jornal era quase uma obrigação. Mas naquele dia seus olhos distraídos pousaram sobre uma notícia que a prendeu de imediato. A cápsula do tempo. Dizia que um grupo francês se preparava para enviar ao espaço uma cápsula contendo mensagens da Terra.

75

As mensagens, que poderiam ser enviadas pela internet por quem quisesse participar, seriam armazenadas em cem discos de vidro à prova de radiação, guardados dentro de uma espécie de caixa-preta, semelhante às dos aviões — para serem lidas no futuro. Mas, ao contrário de outros projetos parecidos dos quais a menina já ouvira falar, a cápsula dessa vez não seria enviada às profundezas do espaço, para ser talvez um dia resgatada por outra civilização.

Não. Dessa vez, ela ficaria em órbita da Terra e estaria programada para reentrar na atmosfera, caindo de volta em nosso planeta — só que daqui a cinco mil anos. As mensagens contidas na cápsula eram assim destinadas a nós mesmos — ao nosso futuro. A menina ajeitou-se na cadeira, debruçando-se um pouco mais sobre o jornal estendido na mesa e apertando com força as bordas do papel áspero que lhe tingia as pontas dos dedos. Continuou lendo.

Além dos discos com as mensagens, a cápsula levaria outras amostras do que é nosso mundo atual, como uma gota de sangue humano e um diamante artificial contendo água do mar. A menina ficou imóvel, as mãos agora espalmadas sobre a página do jornal, pensando. Cinco mil anos.

O que seria do mundo, então? Haveria, ainda, o mar? Ou dele restaria apenas uma pasta lodosa e infecta? Quanto sangue — como aquele mesmo sangue guardado na cápsula — teria sido derramado ao longo de 50 séculos? Haveria, ainda, o homem, nossa civilização? Ou seríamos só fragmentos de memória, de nós restando apenas as mensagens gravadas em nossos pequenos sarcófagos de vidro, os discos encerrados na cápsula do tempo?

Neste instante, a página aberta diante da menina recebeu em sua superfície uma gota. Uma gota, apenas. E ela pensou, com um sorriso triste, que a cápsula deveria conter, também, uma lágrima.

A neve do tempo

O homem tirou os olhos do jornal e, erguendo o rosto, olhou através da porta de vidro que dava para a varanda. Ali estava ela. Sua mulher. Com o sol da manhã, que batia no chão de mármore e fazia arder os olhos, ele via apenas a silhueta contra a luz. Ela molhava as plantas.

Durante um longo tempo, ficou observando-a.

Mas só quando ela caminhou para a extremidade da varanda, onde ainda havia sombra, foi que ele pôde olhá-la melhor. Tinham ambos acordado tarde, naquela manhã de domingo. Fazia calor e ela vestia ainda a camisola de algodão fino, quase transparente, com que dormira. Através do vidro que separava a sala da varanda, ele a viu estender os braços para tirar os galhos secos de uma planta com folhas em forma de coração. Aqueles braços, antes bem feitos, eram agora descarnados. As mãos — de onde estava, ele podia ver bem — traziam veias no dorso, espraiando-se como rios. No pescoço, a pele sem viço formava dobras em alguns pontos. E os cabelos eram brancos, completamente brancos.

Os olhos do homem saltaram da mulher para o horizonte, onde as montanhas, já banhadas pelo sol, estavam tão nítidas que era possível discernir cada árvore da mata. Depois, voltaram para ela, que agora se punha na ponta dos pés para regar a planta. A marca do tempo estava em cada gesto. Sua mulher envelhecera. Ao contrário das montanhas que, imutáveis, enchiam o horizonte desde que eles se tinham casado, mais de quarenta anos antes.

Enquanto o homem observava, vieram-lhe à mente os versos de uma velha canção, que falava da neve do tempo nos cabelos de uma mulher.

De repente, como se percebesse que estava sendo observada, a mulher virou-se. E sorriu para ele. O mesmo sorriso de sempre. Seu rosto, ainda que envelhecido, se iluminava ao sorrir, ganhando uma beleza extraordinária. E os olhos, inquietos, guardavam a vivacidade de outros tempos.

E ele sorriu de volta, pensando em como ainda a amava, tantos anos depois. A vida deles tinha sido assim uma vidinha tola, sem grandes emoções. Nada de muito bombástico acontecera naquelas quatro décadas juntos. Mas e daí?

Era isso. Era só isso — uma história, mais nada. Sem metáforas, sem figuras de linguagem, sem surpresas no final. Uma história comum. Até um pouco piegas, talvez.

Mas não tinha importância. Era uma história de amor.

Correspondência

Era uma manhã como outra qualquer. Eu subia os degraus da portaria olhando para o chão, enquanto pisava na passadeira vermelha, distraída. Foi quando o porteiro me chamou. Virei-me e ele se aproximou, trazendo a correspondência. Peguei o elevador e, como de hábito, já fui olhando, um a um, os envelopes, embora sem abri-los. Para fazer isso, na luz meio azulada do elevador, precisava apertar os olhos, que aos poucos me faltam. Mas, de imediato, um dos envelopes me chamou a atenção.

Enquanto o elevador subia, abri a bolsa e tirei os óculos de leitura. Examinei com mais cuidado o envelope que me intrigara. Era uma correspondência para meu avô. Em princípio, não havia nada de muito estranho nisso porque, um dia, muitos anos antes, meu avô morara naquele prédio onde eu agora tinha meu pequeno escritório. Mas o que me surpreendia era que alguém continuasse mandando correspondência para ele. Afinal, meu avô estava morto havia mais de vinte anos.

Movida pela curiosidade, tentando imaginar quem mandara aquela carta — pois não havia no envelope nenhuma pista — decidi abri-la.

Era um folheto de propaganda, de uma empresa fabricante de aparelhos de surdez. Fiquei parada, com o pedaço de papel nas mãos, enquanto um sentimento inesperado, misto de melancolia e ternura, me invadia. Era de tal ordem, e me tomava com tal força, que me deixou atônita. Eu raramente pensava em meu avô. Além de já se terem passado duas décadas de sua morte, tudo acontecera de forma rápida e natural, aos 87 anos, não tendo sido na época para mim um grande choque. Além disso, devo confessar que sempre tive com ele uma relação um pouco fria, pois era um homem irascível, genioso, de natureza difícil. Por tudo isso, a força da ternura que me invadia naquele momento me surpreendeu.

Li tudo o que dizia o folheto, na esperança de encontrar naquelas linhas uma explicação para a saudade — sim, era saudade — que crescia de repente dentro de mim. Não havia nada. Era só um folheto de propaganda. Talvez aquela oferta de aparelhos de surdez me tivesse comovido por ser uma coisa tão prosaica, tão humana. Meu avô estava morto. Não precisava mais de aparelhos de surdez.

Era uma constatação rasa, que me dava de repente a medida de nossa transitoriedade, não sei. Talvez fosse isso.

Dando de ombros, entrei no escritório decidida a não pensar mais no assunto. Mas a força daquela onda de ternura que me tomara ainda ficaria latejando lá no fundo, por muito tempo — durante todo o dia.

No fim da tarde, quando já ia saindo, o porteiro me chamou outra vez, lembrando-me que era dia de pagar o condomínio. Tirei mais uma vez da bolsa os óculos de leitura e me sentei na mesa da portaria para preencher o cheque. E só quando o datei, antes de assinar, foi que prestei atenção na data. Ergui o rosto e sorri para o porteiro, sem que ele entendesse por quê. Era 9 de julho. Dia do aniversário de meu avô.

Tempo

Li outro dia sobre a formação das estalactites e estalagmites. É algo tão lento que são necessários cem anos para que elas aumentem um centímetro. Cem anos para um centímetro! Gota a gota, a água irá pingar, carregando seus minerais, que se sedimentarão, década após década, ao longo de uma vida inteira — mais até que uma vida.

Isso me lembrou um livro que eu folheava quando adolescente, na biblioteca de meu pai. Era um livro sobre a história da humanidade, cuja página de abertura trazia um texto inquietante. Dizia o texto que, numa terra distante, chamada Svithjod, há uma enorme montanha de pedra, com mil milhas de altura e mil milhas de largura. Uma vez a cada mil anos, continuava o texto, um pequeno pássaro vai até essa montanha afiar o bico na superfície de pedra. E concluía: "Quando a montanha for inteiramente gasta e desaparecer, um único dia da eternidade se terá passado".

Eu lia aquilo com um aperto no estômago, os olhos brilhando de fascínio. Acho que foi por causa desse texto que decidi, na época, fazer faculdade de Filosofia. Depois acabaria desistindo, ao saber que quem se forma em Filosofia não vira filósofo e sim professor. Aquilo me desanimou um pouco. E acabei no jornalismo. Mas a verdade é que minha fascinação por esse tipo de assunto continuou e tem continuado, pela vida toda.

Tempo. Essa coisa desconhecida e onipresente, que passa por nós, através de nós, a despeito de nós — mas que passa conosco. Esse algo que ganhou ainda mais estranheza depois que Einstein nos provou sua relatividade, mostrando que o tempo passa mais devagar para um astronauta no espaço.

Tempo. Encontro uma amiga e ela me diz que, quando está chateada, olha para os bancos de pedra da praia. "Olhando para eles, tenho certeza de que os problemas existem, mas que um dia tudo passa". Encaro-a, sem compreender. "Por quê?", pergunto. "Porque os bancos de pedra não mudam nunca". Aquilo que é perene dá, assim, a medida do que é transitório. Sorrio e me despeço dela. Acho que está certa.

E, por fim, lembro de um outro texto que há muito me inquieta, feito pela escritora Marguerite Yourcenar, para o posfácio de seu livro "Memórias de Adriano". Nessas notas, Yourcenar explica como fez para se transportar para a mente de um homem que viveu há vinte séculos (o livro é narrado na primeira pessoa). E, ao analisar o quão distantes estamos do Império Romano, a escritora chega a uma conclusão surpreendente: a de que precisamos de apenas 25 velhos de mãos dadas, "uma cadeia de duas dúzias de mãos descarnadas", para nos ligar a Adriano. Bastaria somar suas idades. É curioso quando encaramos dessa forma: vinte e cinco velhos de 80 anos, juntos numa sala, formam 2.000 anos.

O Tempo é mesmo muito estranho.

As mãos de Mariá

Olho minhas mãos, os dez dedos pousados sobre o teclado do computador, sob o jato concentrado de luz que desce da luminária de mesa. Observo os desenhos das veias, da pele, as pequenas ranhuras circulares, semelhantes a um rodamoinho, que se formam nos nós dos dedos. Vejo também as unhas largas, crescendo apenas um pouco acima da linha da ponta dos dedos, unhas levemente encurvadas para baixo, pintadas de um esmalte da cor da carne, da cor da renda. É impressionante a semelhança. Mãos de Mariá. Com o passar do tempo, minhas mãos vão ficando cada vez mais parecidas com as de minha avó (embora as dela fossem mais bonitas).

Mariá tinha mãos assim, de dedos torneados e unhas largas, que ela sempre pintava de um esmalte natural, uma mistura transparente. Às vezes, quando era época de festa, pintava-as de vermelho. Nessas ocasiões, gostava de tirar o esmalte das pontas, o que formava um fio branco na extremidade, e também de deixar à mostra as meias-luas, coisa que já não se usa mais.

Lembro que quando era menina eu invejava aquelas mãos, achava-as lindas, tão diferentes das minhas, sempre com as unhas roídas. Observava-as enquanto seguravam os livros, nas reuniões noturnas em que minha avó nos contava histórias, ou quando, com destreza, elas movimentavam as agulhas de crochê, o brilho do metal faiscando sob o abajur. Observava-as também quando seguravam as cartas do baralho. E me deliciava quando aqueles dedos longos, elegantes, deitavam sobre a mesa as canastras. Meu avô ficava furioso porque Mariá jogava distraída, sem prestar atenção, e ganhava sempre, pois tinha uma sorte incrível e tirava todos os coringas.

E agora, olhando minhas próprias mãos, fico pensando: quando eu nasci, minha avó estava mais ou menos com a idade que tenho hoje. Talvez por isso a sensação de reconhecimento, porque as mãos de minha avó, quando eu as conheci, tinham a idade destas minhas mãos, estas que estão agora mesmo pousadas aqui, sobre o teclado do computador.

É curioso porque, nos últimos tempos, quando minha avó já estava muito velhinha, as enfermeiras que cuidavam dela costumavam cortar-lhes as unhas muito curtas para que não se ferisse. E, ao visitá-la, eu olhava aquelas mãos e via que estavam cada vez mais parecidas com minhas mãos de menina, com as unhas roídas.

No fim, Mariá — que se estivesse viva faria hoje 100 anos — ficou com minhas mãos e eu herdei as dela. Foi como se fizéssemos uma troca. E agora suas mãos maduras, que eu tanto admirava, têm em mim uma extensão, um tempo extra de existência, para que continuem segurando livros, folheando páginas — e contando histórias.

Pensando bem sobre...
A PALAVRA

Livros

Li certa vez que a escritora Alma Mahler guardava, na sala de sua casa, o berço em que dormira na primeira infância. Era um berço antigo de madeira, tosco, desses com um dispositivo que os faz balançar docemente, ao menor toque. Ali, no bojo vazio daquela que um dia fora sua própria cama, Alma guardava seus livros prediletos.

Arrumava-os, empilhados, em várias camadas, enchendo todo o espaço onde um dia houvera um colchão, lençóis, brinquedos e uma criança — ela própria. Certamente, quando remexia nos livros, buscando algum em especial, um livro para enternecer-se, para recordar ou esquecer — que é para isso que serve reler livros prediletos —, certamente, então, seu braço, esbarrando na lateral gradeada, fazia o berço balançar. E ela os ninava, talvez sem perceber.

Essa imagem de livros queridos sendo acalentados me encheu de ternura. Assim como um dia me comoveu ler o depoimento de outra escritora, Isak Dinesen, falando sobre a ansiedade que sentia, em sua fazenda na África, enquanto aguardava a chegada dos livros encomendados na Inglaterra. E de como, ao recebê-los, tocava cada volume com a ponta dos dedos, como se retirasse da caixa copos de finíssimo cristal. Sabia, ao tocá-los, que aqueles seriam seus únicos exemplares durante meses, até que chegasse nova remessa. Eram um tesouro insubstituível.

"Por isso, eu torcia para que os escritores tivessem dado tudo de si ao escrevê-los", explicou. É curioso. Porque ela própria, Isak Dinesen, escrevia assim, sem economizar, sem fazer concessões, pegando cada camada da narrativa e dissecando-a até o último fio. Escrevia dando tudo de si, entregando-se em cada linha — como se esperasse ser lida por um náufrago numa ilha deserta.

Esse amor pelos livros me comove, um amor que venho aprendendo a desenvolver, nos últimos anos. Antes, guardava meus livros de qualquer jeito, sem qualquer ordem nas estantes. E, ao lê-los, pouco me importava se os abria demais, se os virava ao contrário, se deixava a ponta da capa se enrolar numa feia orelha.

Estou mudando. Hoje, presto atenção nas pessoas que sabem cuidar bem de suas bibliotecas e observo a maneira como decidem a posição de cada volume nas estantes, o carinho com que tiram os mais antigos das prateleiras para tentar restaurar as lombadas, alisando-as cuidadosamente com goma e pincel. São gestos de uma delicadeza comovente, cuja observação me faz refletir. E, cada vez mais, tenho diante dos livros uma atitude de reverência. Olho-os e vejo como eles são puros, íntegros — como as crianças e os cristais.

Na esquina do poeta

Eu sempre passo por lá, sim, mas de carro. Nunca a pé. Venho descendo pela rua em direção à praia e constantemente paro naquele sinal. Sei que é a esquina do poeta. Pois foi ali, no entroncamento das ruas Rainha Elisabeth e Conselheiro Lafayette, na fronteira entre Copacabana e Ipanema, que viveu Drummond por quase toda a vida. E é ali também que, na entrada de um prédio, existe um belíssimo pé de azaleia, sempre florido.

Reparei nele pela primeira vez ao observar a portaria do prédio, um edifício imponente, desses com portaria de pé-direito alto e grandes cachepôs nas laterais da entrada. E, vendo o pé de azaleia num dos canteiros, lembrei que essas flores só costumam desabrochar quando está frio. Elas gostam do inverno. Achei curioso que aquele pé estivesse tão vistoso, já que fazia calor.

Pois bem, o tempo passou. E, quando o inverno oficial já estava prestes a ir embora, andou fazendo um friozinho incomum no Rio. Naquelas semanas de garoa e temperaturas baixas, voltei a passar pela esquina de carro e lá estava o pé de azaleia: florido, é claro.

O tempo passou de novo. Em meio às loucuras climáticas que enfrentamos, o frio foi embora e deu para fazer um calor incrível, impróprio para a primavera, que apenas começava. Pois eu passei de novo pela esquina, sempre de carro, pensando: desta vez, aposto que o pé de azaleia estará que é só folha. As flores não podem ter resistido a este verão antes da hora. Mas, quando parei no sinal, me espantei: lá estava o pé de azaleia florido, parecendo mais viçoso do que nunca, inteiramente coberto por suas flores que lembram lírios, só que na cor maravilha.

Aquilo tanto me intrigou que, um dia desses, na hora do almoço, decidi ir até lá — mas a pé. Tinha um assunto para resolver no Posto Seis e aproveitaria para subir a Rainha Elisabeth caminhando. Queria matar minha curiosidade, observar de perto o pé de azaleia, talvez puxar conversa com o porteiro e tentar saber dele o segredo de um jardim de floração permanente. Os porteiros são quase sempre criaturas sábias, que têm muito para contar.

Fui.

Já quase diante do prédio das azaleias, mas ainda sem cruzar a Conselheiro Lafayette, parei, observando a beleza das flores. E então meus olhos baixaram para as pedras portuguesas que — eu não me lembrava — naquela esquina foram colocadas formando letras, palavras, formando versos de Drummond.

"Vontade de cantar, mas tão absoluta, que me calo, repleto."

Com esses versos no chão, não admira que a esquina do poeta esteja sempre em flor.

O palavrão

A primeira vez em que aquilo me chocou foi no trânsito. Estava dirigindo, parada num sinal, talvez. Não lembro onde. Era uma avenida larga, coberta pela copa das amendoeiras, mas isso pode ser em inúmeros lugares do Rio de Janeiro. Ocorre que à minha frente, naquele sinal, havia um ônibus. Na traseira do ônibus, um anúncio. E, no centro desse anúncio, em letras gigantescas — um palavrão. O mais comum deles, de apenas cinco letras, o mais banalizado, quase transformado em interjeição — mas, ainda sim, um palavrão.

Ao lê-lo, com aquelas letras enormes, tive um pequeno sobressalto, aquilo me incomodou. Foi como se alguém me xingasse.

Não que a sensação tivesse algo de incomum. Isso, não. Somos agredidos de forma quase permanente, se não por palavrões, pelo menos por gritos (nos anúncios da televisão), por atitudes invasivas (nos infernais telefonemas oferecendo produtos), por imagens chocantes (como nas fotos de cadáveres que agora preenchem as páginas dos jornais e revistas sem qualquer pudor). Por tudo e em tudo. Até pela arte. Em todas as manifestações de arte existe a chamada estética do horror. Nela, a sensação que se quer provocar não é de beleza e sim de repulsa.

Enfim, tudo isso é mais do que sabido.

Mas, ainda assim, parada no sinal, as mãos sobre o volante, aquele palavrão me chocou. Sim, sem dúvida, era como se estivesse sendo dito para mim. Eu, que até falo palavrão de vez em quando, mas que acho difícil escrevê-los. Sempre admirei no escritor Nelson Rodrigues sua capacidade de descrever as cenas mais sórdidas sem usar o recurso do palavrão.

E enquanto pensava essas coisas eu me dei conta — ou me lembrei — de que aquilo na traseira do ônibus era na verdade o título de um livro. Há nas livrarias atualmente pelo menos dois outros livros incluindo palavrões em seus títulos, palavrões até mais agressivos do que aquele que eu estava vendo.

Talvez seja uma nova tendência, pensei. Como os livros sem título na capa ou como as capas não figurativas, mostrando apenas "texturas". Tendência ou não, palavrões em capas de livros — e consequentemente estampados em letras imensas em anúncios pela cidade — são parte dessa realidade agressiva que nos cerca.

Talvez seja ingenuidade minha, não sei. Mas fiquei triste.

É que para mim o livro era o último espaço da delicadeza.

Teclados

Um dia, há muito tempo, uma menina entrou, sem ser vista, no gabinete de trabalho de seu avô. Era um aposento proibido. Crianças não podiam entrar lá. O avô não gostava. Trabalhava em casa e detestava que mexessem em seus papéis. Mas a menina se aproveitara de um momento de agitação na casa — era dia de festa.

A casa amanhecera num frenesi. As duas empregadas, a avó, a mãe, as tias, todas andavam de um lado para o outro, sem ligar muito para as crianças. Era o dia da grande festa anual de São João, uma tradição na família. A casa do avô, um sobrado de mais de cem anos, tinha um pátio de terra batida, salpicado de poucas árvores, onde todos os anos era acesa a fogueira. Em torno dela, as mesas com os doces, o grande caldeirão de canjica, que sua avó ainda chamava de mungunzá. Os amigos e vizinhos eram convidados para a festa, que entrava pela madrugada. Tudo isso dava trabalho. Muito trabalho. E adultos ocupados, trabalhando, são a ocasião ideal para que as crianças façam coisas proibidas.

Foi pensando assim que a menina penetrou no gabinete, empurrando a porta com cuidado e fechando-a atrás de si. Entrou e parou por um instante, esperando que seus olhos se acostumassem à penumbra, ao silêncio e ao cheiro forte dos livros de Direito, que enchiam as estantes de alto a baixo. Seu avô era advogado, um homem importante. Com portas e janelas fechadas, o gabinete parecia um cenário irreal, completamente destacado do resto da casa. Ali não havia festa, nem doces, nem junho, nada. Era um mundo com regras próprias, atemporal, livre. Ao menos era como a menina o via naquele instante, talvez movida pela delícia de fazer algo contra a vontade do poderoso avô.

Assim que seus olhos se adaptaram, foram atraídos pela escrivaninha de madeira escura, junto à janela. Com imenso cuidado para não esbarrar em nada, foi até lá. Sentou-se e apreciou tudo o que se espalhava pelo tampo da mesa, os pesos de papel, a espátula, uma pilha de livros, a coleção de canetas. E, no centro de tudo, a máquina de escrever. Ergueu a tampa. Observou, ajudada pela luminosidade que entrava pelas venezianas, as teclas com as letras desenhadas em dourado. E foi com a garganta trancada por uma emoção desconhecida que estendeu sobre elas a ponta dos dez dedos. Seu coração batia como louco.

Ela não sabia, ainda. Não poderia saber. Mas um dia, muito tempo depois, voltaria a sentir aquela mesma sensação. Quando seus dedos, seus dez dedos, se espalhassem com suavidade sobre um teclado agora cor de marfim, com teclas macias que obedeceriam ao menor toque, nesse dia, muitos, muitos anos depois, ela reviveria a impressão sentida no gabinete proibido do avô. Por uma razão simples: porque, embora não o soubesse, ela fora marcada, desde sempre, por esse destino delicioso e implacável — o de escrever.

Síndrome do claustro

Era a primeira vez que eu entrava naquele sebo na Rua Joaquim Silva, na Lapa. Subi as escadas do velho casarão e comecei a passear por entre as estantes empoeiradas com aquela sensação de sempre — a de estar entre amigos. Não necessariamente amigos encarnados, mas sim cercada dos doces fantasmas que habitam essas livrarias. Porque, na hipótese de haver vida depois da morte, tenho certeza de que é nos sebos que a alma dos escritores vaga pela eternidade. Quase posso sentir seus espectros esvoaçando a cada velho livro aberto, tenho mesmo a impressão de ouvir o chiado de seus corpos translúcidos em contato com as estantes, as paredes.

E foi precisamente envolta nessa sensação de contato com os fantasmas dos escritores que reencontrei um deles. Num livro, é claro. Lá estava, na terceira estante, de baixo para cima. Meus olhos pousaram na lombada e reconheci de imediato o título. "O escafandro e a borboleta". Um título um tanto estranho, devo admitir. Já o conhecia, embora não soubesse que tinha chegado a ser traduzido no

Brasil. Tirei o livro da estante e comecei a folheá-lo. A primeira coisa que vi foi a foto do autor, na orelha. E foi como se seu fantasma sorrisse para mim.

Seu nome é Jean-Dominique Bauby. Um jornalista (como eu), nascido em 1952 (como eu). O livro conta sua história. Um homem comum, que trabalhava na revista "Elle" francesa e que um dia, ao ir buscar o filho na casa da ex-mulher para passar com ele o fim de semana, teve um derrame cerebral que o deixou paralisado. Mais do que isso. Deixou-o completamente paralisado, sem conseguir mover um músculo do corpo, embora continuasse consciente, lúcido. É o que alguns cientistas chamam de "Síndrome do claustro". Uma pessoa aprisionada dentro do próprio corpo. Foi o que aconteceu com Bauby — exceto por um detalhe: ele conseguia mover um dos olhos. E foi com esse piscar de olho, com a ajuda de uma enfermeira que lhe apontava as letras do alfabeto (ele piscava na hora da letra escolhida) que Bauby pôde dar seu testemunho. E escreveu, letra por letra, piscadela por piscadela, ao longo de vários meses, seu livro "O escafandro e a borboleta". A borboleta é seu espírito, sua mente. E o escafandro é o corpo que o mantém aprisionado.

Tinha ouvido falar de sua história, mas jamais vira o livro até tê-lo nas mãos naquele dia, no sebo. E agora olhava para a foto de Bauby, para o sorriso simpático daquele francês nascido no mesmo ano que eu, tentando imaginar por onde andaria seu fantasma. Sim, porque o livro não diz, mas eu sei (porque na época do lançamento a história saiu na imprensa): uma semana depois de terminar o livro, Bauby morreu. Sua missão estava cumprida.

A vida real é às vezes muito maior do que a ficção.

Janelas

Um leitor me pergunta afinal que lugar é esse onde vivo e que janelas são essas, as minhas, que ora dão para montanhas e lagoa, ora para apartamentos onde vivem casais felizes e infelizes, ora parecem estar quase ao rés do chão, permitindo-me observar de perto os transeuntes e os catadores de papel. Tem razão, o leitor. Que janelas são essas? Onde vivo? Pois respondo. Vivo em vários lugares e são muitas, de fato, minhas janelas, sendo múltiplas as visões que descortino.

Uma é estreita, de vidro canelado, e por ela apenas espio os telhados dos prédios que me rodeiam, com suas telhas de amianto, as caixas de cimento, os para-raios, antenas e fios. Mas por cima desse emaranhado cinzento e triste vejo um pedaço de céu, nem sempre azul, mas sempre bem-vindo, por estreito e raro. Nesse pedaço, correm nuvens. Nesse pedaço, sopra um vento Sudoeste que tem cheiro de mar. E é por isso que ele, esse pedaço sem graça, me traz toda a beleza da praia de Ipanema, das pedras do Arpoador, das Cagarras — porque nada disso é visto, e sim imaginado.

Outra janela é ampla, uma janela francesa, como diriam os ingleses. Dessas de vidro, do teto ao chão. Dá para um terraço de onde — dali, sim — posso ver o mar e as montanhas e o Cristo. Mas dessa janela, paradoxalmente, costumo observar não a natureza, mas a natureza humana, pois dali enxergo também um prédio que se me afigura como a boca de cena de um teatro, cujo cenário tenha sido dividido em pequenas caixas. Em cada uma se desenrola uma vida, uma história. E delas me alimento e a elas reinvento como se me pertencessem. Mas não é só gente que vejo dessa janela, não. Vejo também pássaros, muitos pássaros. Porque é exatamente em cima dessa minha janela que passam os bandos de biguás voando em suas formações perfeitas, em cunha, principalmente nas manhãs, indo em direção à Lagoa e vindo de algum ponto que imagino ser as Ilhas Tijucas, onde eles têm seus ninhos.

Tenho ainda uma janela triste, uma janela assassinada. A janela da minha infância, de onde por mais de quarenta anos vi se descortinar a vista da Lagoa e das montanhas e que a construção odiosa de um shoppping acaba de emparedar. Aquela beleza toda virou apenas uma lembrança, um retrato e — sim, Drummond — dói muito.

Mas de todas, há uma janela que é minha preferida — esta diante da qual estou agora. Às vezes é clara, às vezes escura, mas tem o dom de me levar aonde quero, com a rapidez do pensamento. Esta janela dá para uma paisagem que não tem fim, dá para o mundo inteiro. É a janela que quando apagada se transforma em espelho, me deixa ver meu próprio rosto: a tela do computador.

Provérbio chinês

— Perdi a vista.

Foi a frase que falei ao telefone para um amigo (há muitos anos vivendo no exterior), que me perguntava pelas novidades. Eu estava falando do shopping que, como um cogumelo gigantesco, subiu diante do meu prédio, tapando a visão da Lagoa.

Houve um ou dois segundos de silêncio do outro lado do fio.

Imaginei o que ele estava sentindo. Como me conhece desde adolescente, muitas vezes se debruçou na janela da minha sala para apreciar, de dia ou de noite, aquela beleza toda: de dia, o espelho d'água com seus diferentes matizes, variando segundo a hora e a estação do ano, e por trás a sinuosidade das montanhas, do Sumaré ao Cantagalo, passando pelo paredão esplendoroso do Corcovado; de noite, o mesmo espelho, só que agora transformado numa miríade de luzes, os prédios acesos duplicados nas águas, tendo ao fundo o paredão escuro — então quase invisível — das montanhas silenciosas. E mais as festas, os fogos, as noites de lua. E mais os domingos

111

de regata, a água da Lagoa pontilhada de velas brancas. E ainda, mais recentemente, nos natais, a árvore e seus brilhos, suas luzes mutantes, acendendo a água, deixando entrever no espelho noturno as figuras minúsculas e curiosas dos pedalinhos.

Tudo isso talvez se terá passado na mente de meu amigo naqueles dois segundos — ou terá sido na minha própria?

O silêncio continuava. Meu amigo devia estar chocado. Eu, já nem tanto. Tenho procurado me acostumar. Vai ser bom para minha mãe, ela vai poder passear dentro do shopping, tão pertinho. Vai ter teatro, cinema, uma livraria querida. Tenho de me conformar. Tenho de procurar esquecer o inferno, o metralhar de mil britadeiras ao mesmo tempo, o som surdo do bate-estacas, o estalar dos metais, a poeira fina, o cheiro de piche, sim, o interminável inferno, o dia todo, de manhã à noite, dia após dia, semana após semana, meses e meses, um ano depois do outro. Foram sete anos. Sete anos, como no sacrifício do pastor que servia Labão. Sete anos vendo a pedreira da minha infância sendo raspada, retalhada e finalmente morta, sem piedade. O que fazer?

— Perdi a vista — repeti. E só então me dei conta de que a frase tinha dois significados: eu poderia

112

estar dizendo que perdera a visão. E me apressei a completar:

— Estou falando do shopping que construíram aqui. Não dá mais para ver a Lagoa.

Meu amigo riu, dizendo que tinha entendido. E eu, talvez tentando me consolar, lembrei daquele provérbio chinês, do homem que, reclamando de não ter sapatos, encontra um que não tem pés. Quando quiser ver a Lagoa, ainda posso ir até suas margens e encher os olhos.

AUTORA E OBRA

Desde pequena, eu me contava histórias

Como vocês já devem ter notado, adoro escrever. E pensar também. Ficar pensando sobre as coisas do mundo e depois escrever sobre elas — é disso que mais gosto. Só comecei a escrever histórias de ficção — romances e contos — com quase 40 anos de idade, mas na verdade a palavra sempre foi o centro de tudo para mim. Quando eu era criança, ficava horas e horas me contando histórias em pensamento, coisa que, aliás, faço até hoje. E gostava de ouvir as histórias que minha avó Mariá — que também é personagem deste livro — me contava. Vovó Mariá era uma grande narradora e gostava de contar histórias assombradas. Eu morria de medo, mas, mesmo assim, achava uma delícia. De um jeito ou de outro, acho que foi por causa disso que acabei virando escritora.

Antes de ser escritora, eu trabalhava como jornalista e tradutora. Trabalhei em vários lugares, inclusive no jornal "O Globo" e no escritório da ONU (Organização das Nações Unidas) no Rio de Janeiro. Mas, quando comecei a escrever para valer, não parei mais. Já publiquei mais de dez livros, entre eles quatro romances e vários volumes de contos, incluindo dois livros infantis (*Histórias de bicho feio*, pela Companhia das Letrinhas e *Carmen — A grande pequena notável*, por Edições de Janeiro) e dois voltados para o público jovem (*Frenesi — Histórias de duplo terror*, pela editora Rocco, e *Uma ilha chamada livro*, pelo selo Galera, da editora Record). Escrevi também um livro de não ficção, *O lugar escuro*, em que relatei minha experiência ao conviver com a Doença de Alzheimer da minha mãe. Anos depois eu adaptei esse livro para o teatro. O teatro tem sido outra de minhas paixões e, além da peça *O lugar escuro*, escrevi três musicais em parceria com minha filha, Julia Romeu, que também é jornalista e tradutora.

Ah, já ia esquecendo de dizer que sou carioca, nascida no Jardim Botânico e criada no Leblon, onde moro até hoje. Sou casada com o também escritor Ruy Castro e nós vivemos cercados de gatinhos. Foi a dois deles, Zulu e Zazie, que dediquei este livro.

E se vocês quiserem saber um pouco mais sobre mim, podem procurar no meu *site*:

www.heloisaseixas.com.br

Heloisa Seixas

Nota do editor: As crônicas selecionadas para este livro foram publicadas originalmente no *Jornal do Brasil* e na revista *Seleções*.